T0013728

Para Minerva, la reina de mi corazón.

N. C.

A Carles, por enseñarme el camino y a los demás por apoyarlo.

L. L.

Papel certificado por el Forest Stewardship Council®

Primera edición: marzo de 2022
Sexta reimpresión: mayo de 2023

Printed in Spain – Impreso en España

ISBN: 978-84-488-5985-5
Depósito legal: B-780-2022

Diseño y maquetación: Vanessa Cabrera

Impreso en Gáficas 94, S.L.
Sant Quirze del Vallés (Barcelona)

BE 5 9 8 5 A

ALICIA y el CEREBRO MARAVILLOSO

UN CUENTO PARA ENTENDER
LO QUE PASA EN TU CABEZA

NAZARETH CASTELLANOS

ILUSTRACIONES DE LUNA LAG

Introducción

Alicia y el cerebro maravilloso nos permite adentrarnos en la anatomía del cerebro a la vez que aprendemos a escuchar a nuestro cuerpo. Alicia y la señora Cajal recorren las partes más importantes del cerebro: las involucradas en la memoria, el aprendizaje, las emociones y la atención. Junto a la reina de corazones, Alicia aprende a calmarse con una técnica basada en la respiración, muy apropiada para que los niños puedan poner en práctica día a día para controlar sus emociones.

Este libro es un cuento para niños y niñas a partir de cuatro años. Lo acompañan unas secciones que permiten a los más curiosos profundizar en el tema y, al final, proponemos una serie de prácticas sencillas que el niño puede ejercitar para ir conociendo su mente a través del cuerpo.

El relato es una oda a la voluntad, un canto a conocerse a sí mismo y al esfuerzo individual por ser y estar mejor. Contado desde la neurociencia, rendimos homenaje a uno de los grandes sabios de la modernidad.

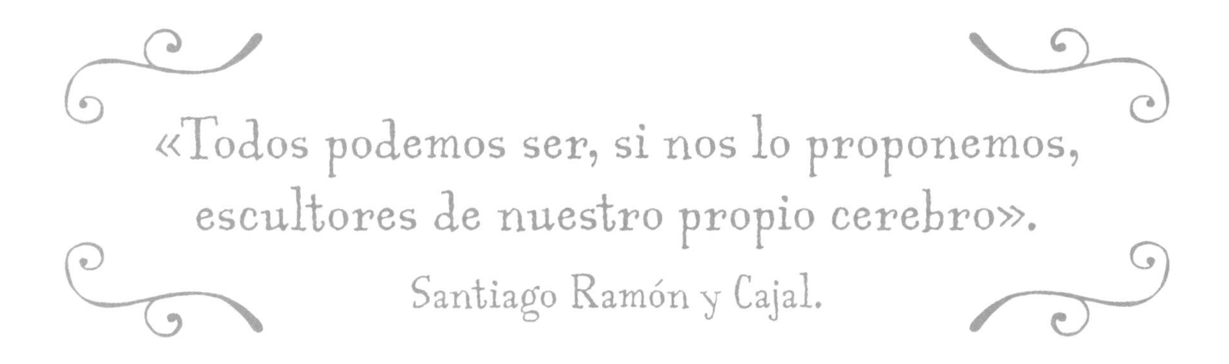

Santiago Ramón y Cajal (1852-1934) fue un médico navarro que descubrió que el cerebro está formado por unas células, las neuronas, que se comunican entre ellas a través de sus ramas y raíces, las dendritas y los axones. La propiedad fundamental del cerebro es precisamente la capacidad de comunicación entre sus partes. Además, Cajal demostró que el cerebro es plástico. La plasticidad neuronal es la capacidad de las neuronas y del cerebro de transformarse a través de la experiencia. Cada vez que aprendemos algo, las neuronas se reorganizan. Ese es el mecanismo principal del aprendizaje.

Para el aprendizaje, la emoción es fundamental. La parte del cerebro más involucrada en la memoria, el hipocampo, está muy conectada a la región neuronal de las emociones, la amígdala. Completando el circuito está la corteza frontal, área que destaca en la gestión del comportamiento. Dichas estructuras son moldeables a través del control voluntario de la atención. Aprender a controlar adónde se dirige nuestra atención es tomar posesión de la mente.

Por otro lado, la neurociencia ha mostrado que nuestra mente tiene una naturaleza divagante, tiende a la imaginación (y es una de las mayores fuentes de insatisfacción vital). Estos estados divagantes no se eligen de forma consciente, son involuntarios. La investigación científica centra hoy sus esfuerzos en avalar técnicas que nos permitan moldear el cerebro para favorecer el bienestar. Una de esas técnicas es el control de la atención o *mindfulness* o, también llamado, atención plena.

El *mindfulness* ha demostrado científicamente que el control voluntario de la atención produce cambios en la función y estructura cerebral. Se ha reportado un crecimiento de diferentes áreas fundamentales del cerebro relacionadas con la conducta, el aprendizaje y el equilibrio mental. También se han reportado destacables beneficios en la regulación de las emociones, tanto en adultos como en niños. Son ya muchos los estudios que destacan la importancia de fomentar hábitos en los niños que promuevan la salud mental, como son reconocer sus emociones o aprender a gestionar su atención.

—¡Qué maravilloso es nuestro cuerpo! —dijo la mamá de Alicia mientras leía un libro tan gordo como aburrido. Alicia no entendía por qué su mamá pensaba que el cuerpo era tan hermoso como el cielo, tan variopinto como todos los peces del mar y tan sabio como los magos de los cuentos.

—¡Qué aburrida estoy! —dijo Alicia, bostezando.

Alicia quería conocer su cuerpo, pero aquellas palabras extrañas que decía su mamá la aburrían enormemente.

De repente, vio pasar a una coneja con una bata blanca y un reloj en una mano y un libro y un espejo en la otra.

—Hola, señora coneja, me llamo Alicia.

—**Hola, Alicia, yo soy la coneja Cajal** y la verdad es que tengo un poco de prisa. Tengo mucho que aprender. ¡Hasta luego!

—¡Por favor, señora Cajal, espérame!
¡Quiero aprender contigo!

Alicia salió corriendo
detrás de la señora Cajal
y la alcanzó justo cuando
iba a meterse dentro
de un viejo árbol.

—Señora Cajal, ¿qué llevas en la mano?
—**Es un espejo mágico**. Me enseña
lo que hay dentro de nuestro cuerpo.

Alicia se quedó maravillada,
era justo lo que quería.

—¡Quiero verme, quiero verme!

Cuando Alicia se miró en el espejo vio que... ¡¡¡tenía una nuez gigante dentro de la cabeza!!!

—¿Qué es eso, señora Cajal?

—Es tu cerebro, Alicia.

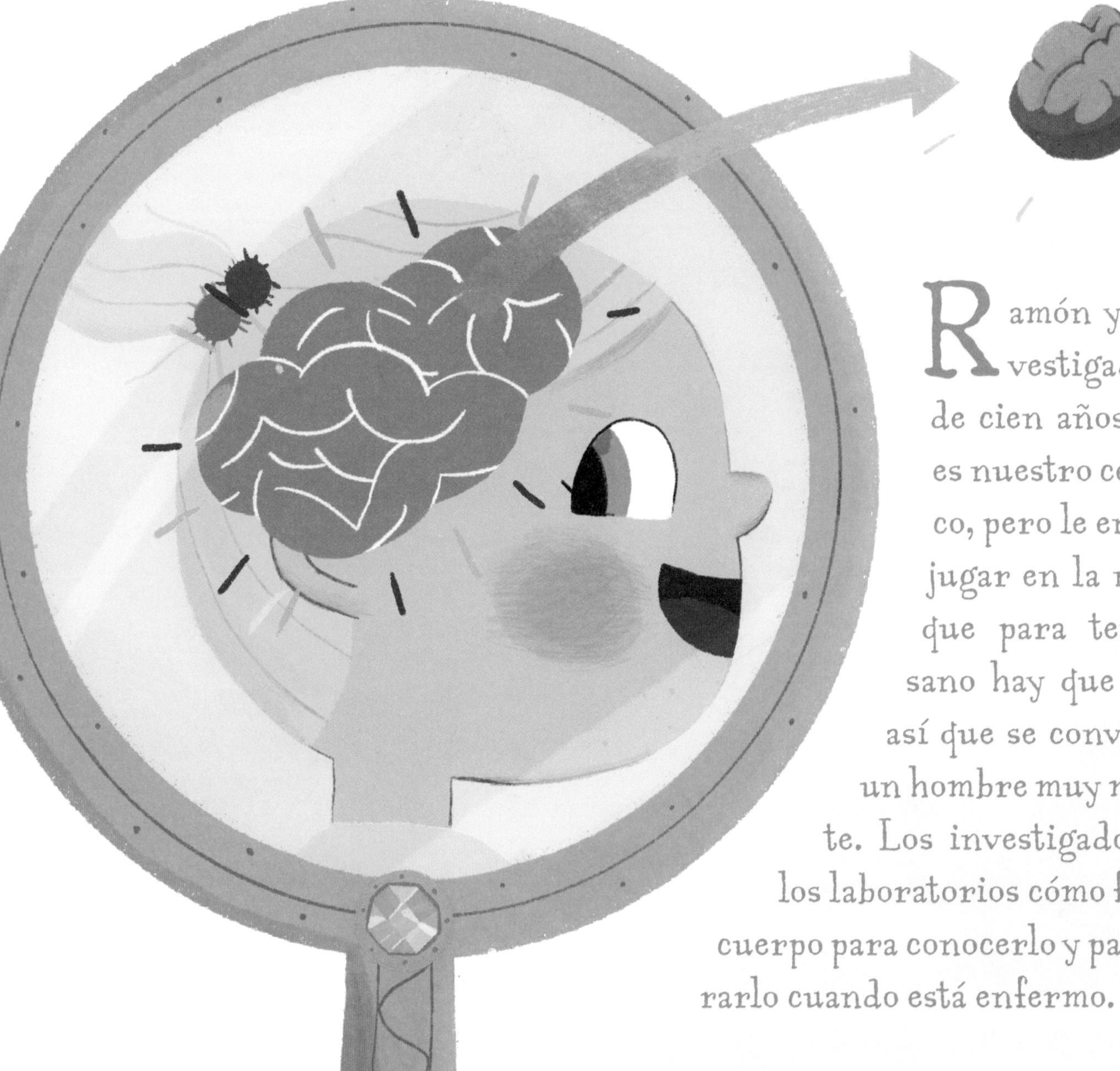

Ramón y Cajal fue un investigador que hace más de cien años descubrió cómo es nuestro cerebro. Era médico, pero le encantaba pintar y jugar en la naturaleza. Sabía que para tener un cerebro sano hay que hacer gimnasia, así que se convirtió también en un hombre muy musculoso y fuerte. Los investigadores estudian en los laboratorios cómo funciona nuestro cuerpo para conocerlo y para aprender a curarlo cuando está enfermo.

Alicia se sentó al lado del viejo árbol y las dos siguieron mirando el espejo.

La nuez que había dentro de la cabeza de Alicia tenía ojos, nariz, oídos, lengua y piel.

Su cerebro **veía**, **olía**, **saboreaba**, **oía** y **sentía** cuando lo tocaban.

Ambas continuaron observando el espejo, con fascinación y asombro. ¡Querían verlo todo! Cuando Alicia se asomó un poco más al espejo, vio que del cuello de la nuez salían muchísimos hilos que recorrían todo su cuerpo. ¡Uno de ellos llegaba hasta el dedo gordo del pie!

El cerebro está dentro de tu cabeza, pesa un kilo y medio y es de color rosa y por fuera se parece a una nuez porque es arrugado. Los ojos, la nariz, los oídos, la lengua y la piel le dicen al cerebro lo que pasa en el mundo y él se encarga de pensar y sentir. Tiene tanto trabajo que es el órgano más comilón que hay en el cuerpo. A través del cuello salen unos hilos llamados nervios que le cuentan al cerebro lo que pasa dentro de nuestro cuerpo y por los que el cerebro manda sus órdenes.

Tócate el dedo gordo del pie e imagina que hay un hilo que va desde allí hasta el cerebro. Así es tu cuerpo.

—Si miras un poquito más de cerca, verás que el cerebro está lleno de árboles muy pequeñitos, con unas ramas muy muy largas y frondosas, y unas raíces interminables —dijo la señora Cajal.

—Mi cerebro es un bosque —dijo sonriente Alicia.

—Pero ¡¿qué veo aquí?!

¡Los árboles se mandan cartas!

Alicia no podía creer lo que estaba viendo. Unos árboles escribían cartas con sus ramas y otros las cogían con las raíces.

¡El cerebro está compuesto de 86.000.000.000 de neuronas! Cada neurona tiene unas ramas que sirven para saber qué están haciendo las demás, y unas raíces que le cuentan a las otras neuronas lo que está haciendo ella. Con las ramas, llamadas dendritas, las neuronas oyen. Con las raíces, llamadas axones, las neuronas hablan.

Las cartas que se mandan las neuronas para saber qué están haciendo unas y otras se llaman neurotransmisores.

Lo más importante del cerebro es que las neuronas hablan entre ellas.

Mirar el mundo a través del espejo de la señora Cajal era fascinante.

—A mí me gustaría vivir en un bosque donde los árboles se hablaran —dijo Alicia.

—Ya tienes un bosque donde los árboles se hablan —respondió la señora Cajal.

Alicia se levantó para mirar los árboles del bosque.

Algunos eran fuertes, altos y grandes. Otros delgados, bajitos y muy flexibles. Unos tenían ramas alargadas y puntiagudas. Otros, redondas y anchas. Algunos tenían unas raíces tan finitas como su cabello, y otros, tan gruesas como sus brazos.

Pero todos se abrazaban. Con sus ramas o con sus raíces, pero se abrazaban.

—A, E, I, O, U.

Alicia se volvió sorprendida. ¿Quién había dicho eso?

Era una oruga de color verde, que llevaba en las manos una regadera y unas tijeras.

—¿Quién eres tú? —le preguntó Alicia.

—Soy la oruga jardinera. —Entonces la oruga preguntó con aire desafiante—. ¿Sabes leer, Alicia?

—No, todavía soy pequeña —se justificó Alicia.

—Pues te voy a enseñar. Esta es la A, esta es la M, esta es la O y esta es la R.

Repite conmigo: AMOR.

Alicia intentó leer aquella palabra una y otra vez.
Al principio leía despacio y después cada vez más rápido.
Ahora sabía leer la palabra AMOR. ¡Qué contenta estaba Alicia! ¡Había aprendido!
La señora Cajal sacó su espejo y vio que los pequeños árboles que vivían en el cerebro de Alicia se habían hecho enormes, le salían por la cabeza.

Aprender algo es como hacer jardinería en nuestro cerebro: unas ramas se cortan y otras crecen; lo mismo pasa con las raíces. La capacidad de transformación del cerebro se llama plasticidad. No solo aprendemos a leer, a escribir o a jugar con la pelota. También puedes aprender a ser bueno con los demás, a cuidarte y a estar más feliz.

—¡Hasta luego, Alicia, me tengo que ir porque tengo prisa! —dijo la señora Cajal.

Alicia salió corriendo detrás de la coneja. Saltó un río, pasó por debajo de unos rosales, escaló unas rocas y de repente dos hermanos gemelos aparecieron delante de ella. La señora Cajal se detuvo a observarlos.

—Somos los hermanos Glia y Glio

—dijeron a la vez—. Tenemos una pregunta:

¿cuántos años tiene tu primo Bamba? ¿A que no te acuerdas?

¿A que no te acuerdas?

Alicia intentó recordar, pero no sabía si tenía cinco, seis, siete u ocho.

El espejo de la señora Cajal mostró que dentro del cerebro de Alicia aparecía un caballito de mar: era la memoria.

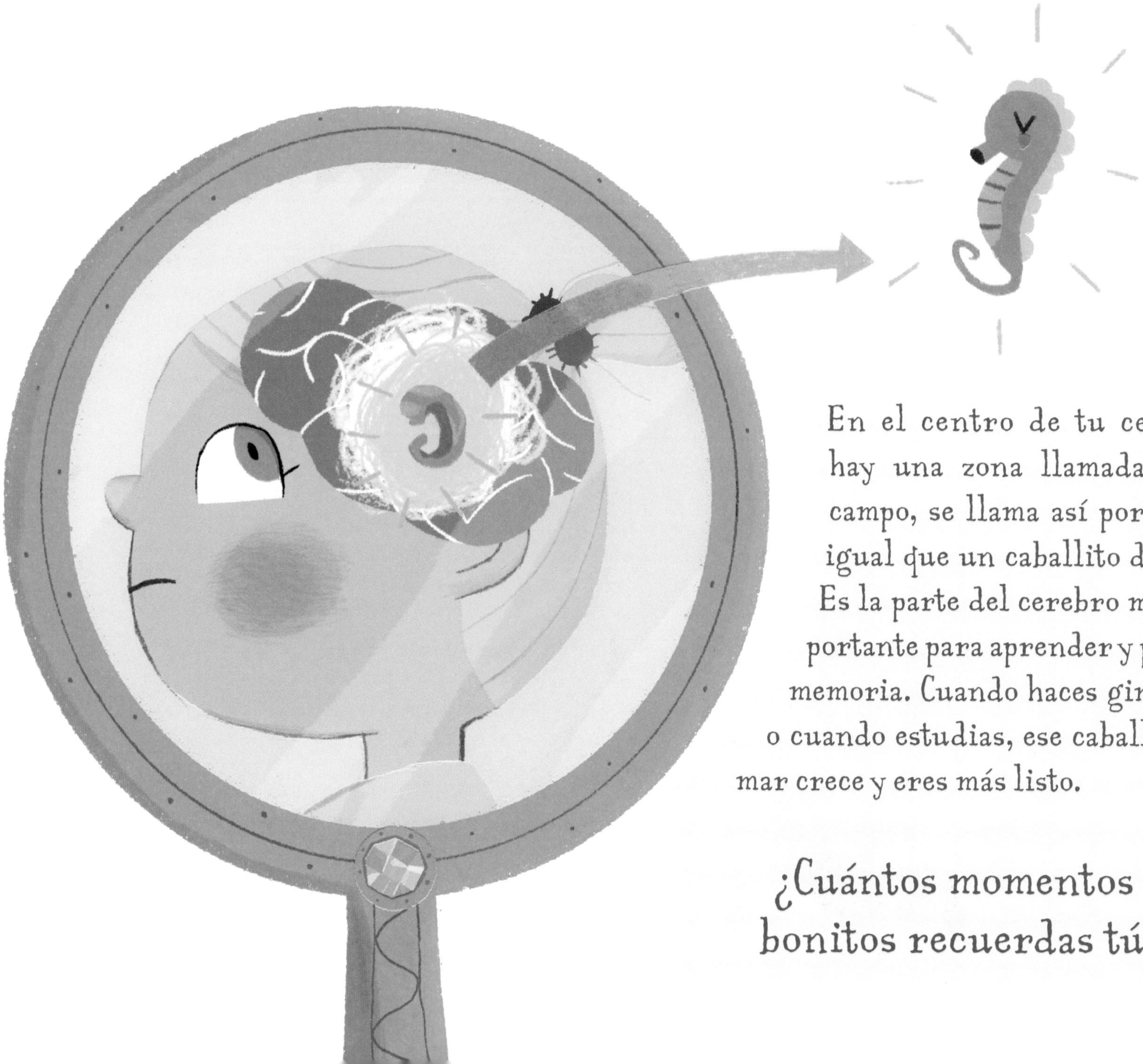

En el centro de tu cerebro hay una zona llamada hipocampo, se llama así porque es igual que un caballito de mar. Es la parte del cerebro más importante para aprender y para la memoria. Cuando haces gimnasia o cuando estudias, ese caballito de mar crece y eres más listo.

¿Cuántos momentos bonitos recuerdas tú?

—Mi primo Bamba tiene cinco años —respondió dubitativa Alicia.

—¡Te has equivocado, te has equivocado!

—Glia y Glio se tiraron al suelo, riéndose a carcajadas.

La pobre Alicia se puso triste porque se estaban riendo de ella.

El espejo de la señora Cajal mostró que dentro del cerebro de Alicia había una almendra: **era la emoción.**

—¡Tu almendra está creciendo! ¡Tu almendra está creciendo!

—cantaron los hermanos Glia y Glio a la vez.

Alicia lloraba sin parar, estaba triste y enfadada.

La almendra de su cabeza crecía sin parar.

—¡Tu almendra está creciendo! ¡Tu almendra está creciendo!

—siguieron cantando los hermanos Glia y Glio a la vez.

En el centro del cerebro, cerca del hipocampo, hay una zona llamada amígdala, que tiene forma de almendra. Es la parte del cerebro más importante para las emociones. Cuando te enfadas o estás triste, la almendra también se enfada y crece. Cuando comes muchas golosinas, la almendra crece. Cuando bailas, cuando sonríes y cuando te abrazan, la almendra se tranquiliza y vuelve a su tamaño.

¿Recuerdas cuándo fue la última vez que tu almendra se enfadó y creció? ¿Cómo te sentías?

—¡Hasta luego, Alicia, me tengo que ir porque tengo prisa! —dijo la señora Cajal.

—¡Otra vez con prisa, estoy cansada! —protestó la niña.

La pobre Alicia seguía triste y enfadada con los hermanos Glia y Glio,
y ahora también con la nerviosa e impaciente señora Cajal.

Alicia se sentó bajo el viejo árbol y le contó a un loro todo lo que le había pasado. Estaba tan enfadada que no paraba de hablar. Los árboles ya no le parecían tan hermosos, ahora creía que eran monstruos peludos y malolientes.

El loro, aburrido, se quedó dormido.

De repente empezaron
a sonar las trompetas,
llovían **pétalos** en forma de corazón
y una larga alfombra roja se desplegó ante Alicia.

Alguien importante estaba a punto de llegar.

—¡Atención, atención, llega la reina!

—anunciaron solemnemente los trompetistas.

—¿Quién eres tú? —preguntó desafiante Alicia.

—Soy la reina. Me conocen como
Su Alteza Real la Reina de Corazones,
aunque me puedes llamar Atención
—respondió dulcemente su majestad.

La reina se puso su corona y en ese momento todo quedó a oscuras.

—Ahora solo existirá aquello que mires, el resto desaparecerá —dictó su Alteza Real la Atención.

Alicia decidió mirar a los hermanos Glia y Glio, que seguían riéndose de ella.

Todo desapareció excepto ellos.

Y Alicia comenzó a llorar de nuevo.

—Te daré otra oportunidad —dijo la reina—, ahora puedes mirar a otro lado si tú quieres.

Alicia se giró para mirar a unos pajaritos de colores, que piaban alegres. Y entonces sonrió.

La parte del cerebro que está justo dentro de la superficie de la frente se llama corteza frontal y es una de las partes más importantes del cerebro, ya que es responsable del comportamiento y de la atención. La atención será siempre una buena amiga si sabes dónde llevarla.

Cuando observas cómo respiras, tu cerebro se tranquiliza porque se siente en casa y la corteza frontal se hace más grande y fuerte.

Cuando prestas atención, tu cerebro y tu corazón se dan la mano.

—¡Qué divertido! ¡Solo existe lo que miro!

Alicia empezó a jugar al escondite de la reina.

Primero miró a un árbol, y lo demás desapareció.

Luego miró a una ardilla, y lo demás desapareció.

Después se miró en el espejo,
y lo demás desapareció.

Pero también miró a los hermanos Glia y Glio,
y lo demás desapareció.

—¡Tu almendra está creciendo! ¡Tu almendra está creciendo! —cantaban los gemelos.

Otra vez Alicia se puso triste y enfadada.

—¡No te preocupes, Alicia! Si todavía no sabes jugar bien al juego del escondite, tocaremos la trompeta con mis trompetistas.

—Yo no tengo trompeta —dijo Alicia.

—¡Claro que sí, es tu nariz! —respondió la reina—. ¡Vamos a respirar!

La **nariz** de Alicia comenzó a crecer. Alicia sentía cómo un fresco viento se metía por su nariz, por sus dos enormes fosas nasales.
Y sintió también cómo un aire calentito
salía por su boca, despacio.

—Ahora entra el aire, ahora sale.
Ahora entra el aire, ahora sale.
¡Fíjate bien en el aire, Alicia!
—ordenó la reina.

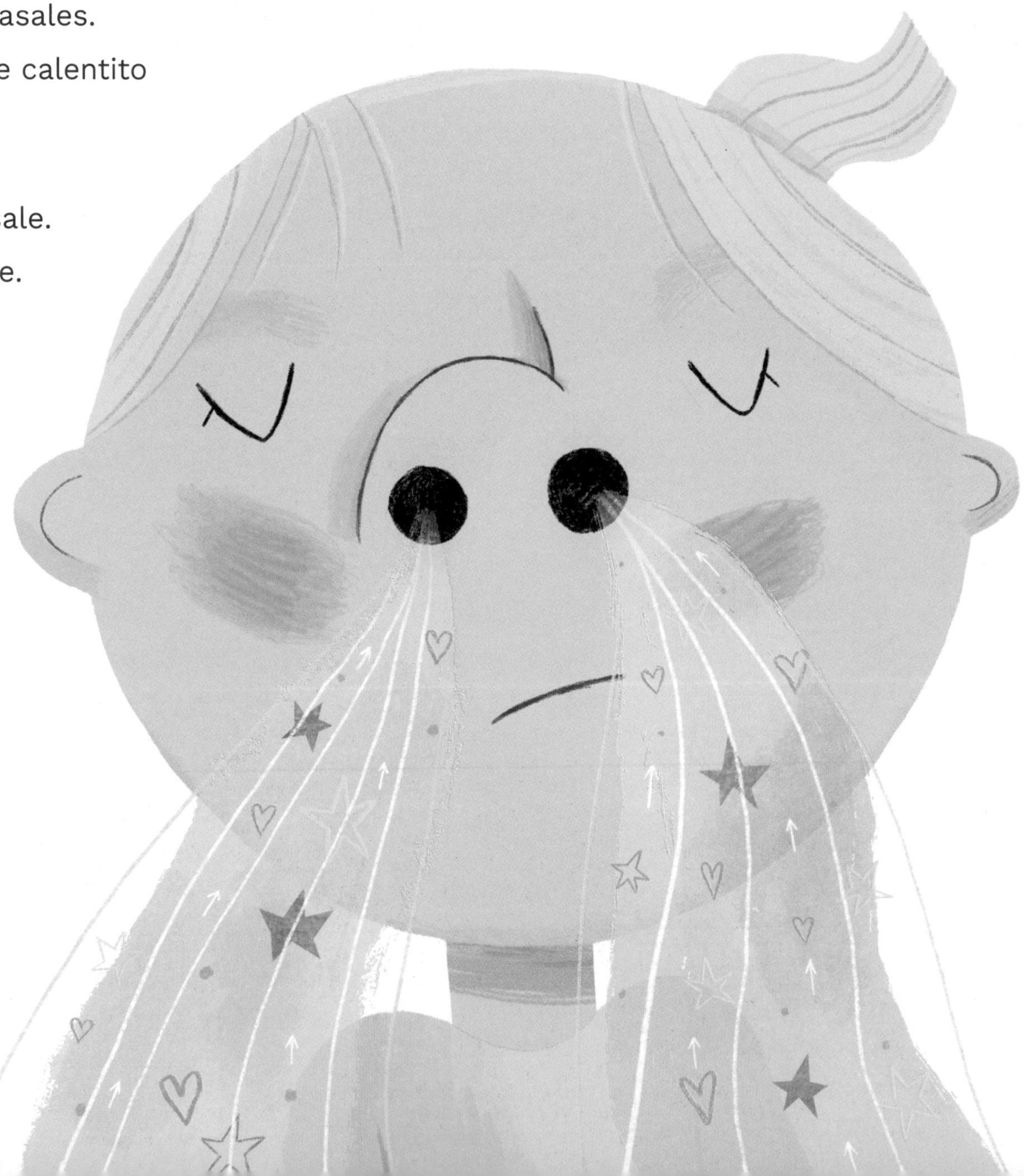

—Túmbate, Alicia —dijo Su Alteza Real la Atención.

La reina puso a su majestuoso gato lindo encima de la tripa de Alicia, que se inflaba como un globo cada vez que Alicia inspiraba.

El gato subía y bajaba.

—¡Fíjate cómo el lindo gatito sube y baja, Alicia! Imagínate que llega hasta el cielo y luego baja hasta la tierra —ordenó la reina.

Alicia por fin se calmó.

La curiosa señora Cajal miraba en el espejo qué estaba pasando en el cerebro de Alicia. La amígdala se había calmado y se había hecho otra vez pequeñita. Su nuez había crecido.

Pero, sobre todo, **Alicia** tenía una **sonrisa** de oreja a oreja.

La reina se acercó a la sonriente Alicia y le murmuró:

—Yo siempre estoy a tu lado, aunque no me veas. Recuerda que soy la reina del escondite. Escondo lo que quiero y miro lo que debo. Pero si algún día me quieres ver, solo tienes que cantar: «Cuando siento mi nariz, yo me pongo muy feliz».

Y la reina se escondió.

Alicia y la señora Cajal se sentaron debajo del viejo árbol. Había sido un día muy intenso, lleno de aventuras para ambas.

Juntas recordaron a la **oruga jardinera** que hacía crecer las ramas de los árboles de su cerebro, a los burlones **hermanos Glia y Glio**, a la **reina y su séquito de trompetistas**.

¡Qué día más bonito habían compartido!

—¿Sabes lo que me decía siempre mi abuelo Ramón? —dijo la señora Cajal—. Que cada uno de nosotros podemos ser escultores de nuestro cerebro, solo si así lo queremos.

Alicia sonrió.

EJEMPLO DE PRÁCTICA DE CONTROL DE LA ATENCIÓN PARA NIÑOS:

Alicia, ¿quieres venir conmigo a esta alfombra?

Sube un poco los brazos, como si quisieras pellizcar las nubes.

Abre los dedos de los pies, como si fueras una rana.

Acaricia tu cara, como si te estuvieras enjabonando.

Y ahora nos sentamos en el suelo.

¿Notas cómo entra el aire por la nariz?

¿Te hace cosquillas al entrar?

¿Está frío o calentito?

Y tu tripa, ¿se ha inflado como un globo?

Ahora, soltaaaaaamos el aire.

¡Un poco más despacito!

(Se repite durante unos minutos, dependiendo del niño, para fomentar la atención).

Alicia, ahora vamos a buscar tu muñeco favorito.

¡Qué bonito es! ¿Cómo se llama?

Vamos a tumbarnos en la alfombra.

¿Le preguntas a tu muñeco si quiere tumbarse encima de tu tripa?

Se va a divertir mucho porque cuando inspires subirá.

¡Míralo tú!

Y ahora, al soltar el aire, bajará como en un tobogán.

¡¡¡Otra vez desde el principio!!!

Ahora más despacito hasta que el muñeco se quede dormidito.

(Se repite durante unos minutos, dependiendo del niño, para fomentar la atención).